KB071135

빗소리 듣기 모임

이종수

시인의 말

산책할 때마다
다른 무엇이 되려고 한다.
광대노린재, 붉은산꽃하늘소, 늦털매미
호랑꽃무지, 검정파리매, 멋쟁이딱정벌레
나무와 풀을 근간으로 한
파르티잔!
늙지 않고 다시 태어나는
파르티잔들과

2022년 가을
이종수

빗소리 듣기 모임

차례

1부 동백 한 첩

의자	11
곰칫국	12
낙안댁	13
말똥	14
그림책	15
빗소리 듣기 모임	16
갈 수 없어도 가야 한다	18
시집	20
밀화부리	22
하고 싶다	23
간	24
버드나무벌레혹	26
기본소득	28
지속 가능한	30
꽃의 부하들	32

2부 가장 먼 고장의 차표를 끊자

눈사람 만드는 사람   35

아버지에게 호랑이 이야기를 듣다   36

풍장   38

커튼콜   39

돼지국밥의 비약   40

나는 배우다   42

상위 2%   44

처용공업사   47

냄비의 역습   48

행복도시   50

눈 극장   52

생계   54

선풍기   56

바람은 어떤 뜻을 가졌을까   58

미래기술공업사   60

3부 펨매 주고 싶은 상처

장수풍뎅이   63

안다는 것   64

사투   66

라이더   67

알뿌리   68

꿈   70

벌교   71

삼룡이   72

올갱잇국   74

비 오는 날 어머니와 강낭콩을 까며   76

꽃절 간다   78

제비   80

퉁점   81

4부 오늘은 생강나무까지만 가자

시에 바다 한 줄 나오지 않는   85

사내   86

허구가 살린다   88

완역본   90

시내에서 혼자 먹다   91

투명 인간   92

오늘은 생강나무까지만 가자   94

노각나무가 있는   96

웅   98

염소 풀 뜯어 먹는 소리를 듣다   100

도시락   102

눈썹위에사마귀 철학관   104

마이   106

유수지의 아이들   107

나비 여인숙   108

해설

당신은 꿈 없음을 희망하세요   110
—박다솜(문학평론가)

1부
동백 한 첩

의자

의자를 처음 만들었던 사람은
사람들이 이렇게 오래 앉아
일할 줄 몰랐을 것이다

곰칫국

태백 지나 동해 하고도
묵호에 와서
곰칫국을 먹는다
곰치 살은 바다의 순두부
김칫국을 만나
얼끈시원하다
이곳에 와 곰칫국을 먹는 사람들은
하나같이 몸과 마음에 어혈이 들어
속이 속이 아닌 것이어서
저간의 살이라고
장탄식을 하며 얼굴을 묻고
먹는 것이다
겨울 파도에 궁글린 곰치 살을
후루룩 넘기며
눈물 한 방울로 시작된 전생 같은 것을
어렸을 때 엄마 젖이 모자랐나 하며
식은땀을 닦기도 하는 것이다

낙안댁

저수지를 내려다보는 산기슭 납골당 항아리에
어머니의 아버지, 어머니, 오빠 둘, 남동생이 있다
인동 장씨 낙안댁, 어머니
잎새주 한 병에 쌀과자 한 봉지 들고
울멍울멍 연두의 납골에 오른다
목욕탕 신발장처럼 번호 붙여
모신 인동의 이름들
이제 혈혈단신 남은 어머니
잎새주 한 잔에 바랄 건
한 가지
아버지, 어머니 기침 좀 멎게 해 주세요

악머구리처럼 떨어지지 않는 기침만 아니면 지금이
라도
훨훨 날아가실 것만 같은데
나는 어쩌지도 못하여
어머니 손에 얼른 동백 한 첩 쥐어 주었다

말똥

　쇠토막을 넣어 저절로 굴러가는 기계의 원조는 말똥
구리 자벌레다
　저를 뒤집어 굴러갈 수 있는
　지구의 오래된 발전소
　그렇게 지구는 굴러왔다
　호모 사피엔스가 아니라
　벌레들이 이끌어 온 터전이다
　마고할미의 손가락이 그렇고
　타란툴라 프로메테우스 쇠똥말똥구리의
　뒤집어 굴려 가는 길이 그렇다

그림책

자주 와서 점심 도시락 먹는
숲 언저리에 명아주와 해바라기가
키 겨루기를 한다
우화로 끝나는 겨루기처럼
신경 쓸 것 없이
재미 삼아 보면 되는 단락이다
다음 페이지는
내가 저 명아주 지팡이를 짚고
해바라기를 바라보는 것으로
끝났으면 좋겠다

빗소리 듣기 모임

박세현 시인이 좌장으로 있는
빗소리 듣기 모임 청주지부
점심분과
회원은 아직 한 명
(회원 가입 원서를 준비하던 한 분이
밤새 빗소리 듣다가 못 나오는 관계로)
산에 나무를 많이 심은 뜻이
내리는 족족 냇물로 흘러가 시내나 강이 되지 말고
빗소리를 듣기 위한 지구 프로젝트인 것이니
빗소리 들으며 도시락 먹으면
소나기밥이라는 말이 무색할 만큼 점심 먹는 속도가
느려지는 걸 알 수 있다
그림책을 좋아하는 사람이라면 알 만한
비 오는 날의 소풍에 나오는 것처럼
비 오는 날 길에 텐트 치고 점심 먹을 때
꼭 지나가는 사람은 한마디 한다
날궂이가 따로 없다고
그러면 비 안 오는 셈 치고 먹지요

하는 대답은 빗소리 듣기 모임의 창시자다운 말씀이다

간이책상 펴고

젓가락질할 때 빗소리는

언치지 말라고

꼭꼭 씹으라고

…

갈 수 없어도 가야 한다

짐꾼은 짐을 버리지 않는 법

맨몸으로 올라도
힘든데
몸무게보다 무거운
짐을 지고 하루에도 네다섯 번 오른다는
중국 화산 짐꾼 부부

직상천제直上天梯
벼랑길을 올라야 하는
꼭대기

그곳 돌덩이에는
등용登龍이란 글씨가 새겨져 있다

어깨에 새겨 넣은
가난의 해제본이다

잔도棧道와 벼랑길을

오르는 관광객이 가장 많이

묻는 말도

왜 힘든 길을 올라야 하느냐

돈을 얼마 받느냐는

가난이 원수고 삶이어서

갈 수 없어도 가야 하는

하루에도 몇 번이고

그만두고 싶어도

짐은 죽음처럼 삶을 놓아주지 않는다

눈물로 읽을 수밖에 없는

화산華山

시집

아파트 1층에 살다 보면
베란다 앞 화단으로 떨어지는 것이 많다
속옷이나 이불, 음식물까지
자유낙하의 결과를 반증하는 것들이다
그런데 오늘은 새로운 것이 있다
수석
딱 봐도 남한강 어디쯤에서 가져온 듯한
무게를 못 이겨 반쯤 박혀 있는
오석, 꽃돌
그냥 돌로 봐도 모를 만큼
조경석이겠거니 여긴 탓인지 며칠째 있다
문제는 며칠 간격으로 떨어진다는 것
관리실에 신고할까 하다 지켜보기로 했다
그러다 까맣게 잊고 있었는데
어느 술자리에서 아는 누나 시인한테 비슷한 이야기
를 들어 그 수석처럼 반쯤 푹 박히는 느낌을 받았다
이야기인즉슨 먼저 간 남편이 주말이면 남한강으로
금강으로 돌 주우러 다녔다는 것

큰 배낭 지고 나가면 다음 날에 거지꼴로 돌아와 부려 놓던 수석들

방을 채우고 베란다며 창고마저 가득 채우는 걸 보면서 속이 상해

하루에 하나는 아니고, 모르게 모르게

창밖으로 버렸다는 것

나중에야 화단에서 수석을 발견한 남편 때문에 들통 나 더는 떨어뜨리지 못했다는,

남편 보내고 난 십 년 뒤에나 할 수 있는 말이란다

아, 그 돌이 그 돌이었을까?

엄한 시집을 들고 내가 쓰는 시는

수석을 모은다고 떠돌던 누님의 남편이었을까 그 돌을 창밖에 버린 누님의 마음이었을까

그도 아니면 먼 자리에 박혀 있던 수석 그 맨얼굴이었을까?

밀화부리

새는 눈꺼풀이 있을까?

한숨도 쉬지 않고 날아다니고
고개를 까닥거려
알 수가 있어야지

그런데 오늘
산수유나무 아래 죽은
밀화부리를 보니
눈꺼풀이 있다

왜 죽었을까?

눈꺼풀은
죽어서야 생긴다는 걸 알았다
땅이 쓸어 준 손길

하고 싶다

콩깍지 안을 만져 보다가
콩깍지 안에 누워 보기
콩깍지처럼 안아 보기
콩깍지처럼 기다려 보기
콩깍지처럼 비틀어져 보기
될성부를 줄 알고, 저렇게 튀어나갈 줄
집 떠날 줄 알고
기다리기
쭉정이더라도 품고 여물었으니
이렇게 빛나는
쓸쓸한 촉감은 대개
가는 실로 뭉친 것이어서
어머니는 엉킨 실마리를 찾아 기어이 한 꾸리
실패를 만들었을 것이다

간

간 수치가 나빠 약을 달고 살기 시작하면서야
간이 부었다
간 떨어질 뻔했다
간이 졸아붙었다

그런 말은 토끼 간처럼 붙였다 뗐다는 말이었다
씩씩한 척해도 사실은 겁쟁이라는 것도 간이 만들어
내는 나였다
셰익스피어 맥베스에 "얼굴을 찔러 너의 두려움을 극
복하라, 너, 겁쟁이 소년아!"
그러니까 십이야十二夜에서 "벼룩이 다리나 적실 정
도의 피를 가진 간, 그 나머지 몸은 내가 다 먹어 버릴 테
니까"라는 대목처럼
간이 지배하고 있었던 것이다
나는 간을 이겨낼 수 없었던 것이다

간이 내 얼굴을 들여다보고 있었던 것이다
어쩌면 마음이란 것도 간의 얼굴이지 않을까

간이 나를 볼 때까지
불화만 겪었던 것이다

버드나무벌레혹

버드나무벌레혹의 지분
버드나무 가지에 무단으로 세 들어 사니
지분은 없는 것이나
버드나무는 그저 푸를 뿐이니
안고 사는 선종 같은 것이겠거니 하고 보면
무릎에 인공관절 달고
심장에 박동기 달고
찢어진 어깨 이리저리 꿰매고 사는 것이나 다름없는
것이다

아픔은 모든 생명에게 공동선 같은 것이다
벌레혹이라고 버드나무 가지에 혹을 만들면서 아프
지 않았을까
아픔은 한시도 쉬지 않고 자기 길을 가는 것에 혹을
만들고
그것이 무슨 사명인 양 사는 것이다
기억이 쌓이고 쌓여 아직 가닿지 못하고
가늠할 수 없는

내일의 불안 같은 것과 뭉쳐 만들어내는
그것이 버드나무벌레혹의 지분임을
물오르는 버드나무에서 읽는다

기본소득

통장으로 꼬박꼬박 백만 원이 입금된다고 해서 하루
아침에 늦게 일어나거나 술만 마시진 않을 것이다 20년
째 자원봉사하고 있는 도서관 문을 닫지도 않을 것이다
몇 푼이라도 벌기 위해 가지 않아도 될 마라톤 회의나
심사에는 자발적으로 빠지며 더 즐겁게 대출 반납을 하
고 청소할 것이다 나만 그런 것이 아니라 더 이상 시간
에 매여 가 봐야 한다고 말하지 않을 것이다 칼퇴근은
기본이요 술 약속과 밥 약속 역시 칼같이 지켜 친구나
이웃을 멀리하지 않을 것이다 잔소리도 덜 듣겠지 회의
도 생산적으로 하고 무리한 계획서를 쓰거나 신청서를
써서 무사안일 요령부득에 빠지지 않겠지 더는 잔고 0
걱정에 똥줄 타며 계급장도 아닌 장에게 머리 조아리거
나 매관매직하지 않을 것이다 그렇다는 건 나만이 아님
을 거리에 나가 보면 알 것이다 일요일만 쉬는 줄 알거나
모두가 일하는 줄 알았던 대낮의 거리를 달리며 경적을
울리거나 주제를 알라거나 임대니 초급반이니 해서 면
박을 주는 사람이 사라지고 서로의 일을 귀하게 여기며
자기 얼굴을 만들어 갈 것임을 믿는다 허무맹랑한 생각

일지 모르나 생각이란 다른 사람들의 지분과 행동이 깔려 있는 것이어서 함부로 하지 않을 것임을 알기에 생각보다는 실천을 하며 살아갈 것이다 집 앞 막힌 하수도를 뚫고 눈도 제때 치울 것이다 그러지 않았던 것은 아니나 어느 때보다 손수 기쁘게 할 것이다 동네 사람들의 안부를 더 묻고 아이를 학원에 보내기보다 좋아하는 일을 먼저 찾아보고 마음껏 누려 보라고, 결혼도 살아 보고 결정하되 집 걱정에 돈 걱정에 쪼들리지 말고 사랑할수 있을 때 선택하라고 할 것이다 집에서 하던 설거지며 청소도 룰루랄라 콧노래를 부르며 할 것이다 먼 길로 자전거 여행을 떠났다가 돌아올 것이다 이 모든 일을 시를 쓰는 일을 게을리하지 말라는 금일봉으로 여기고 어느 쪽 하늘을 보든 미소를 지을 것이다

지속 가능한

이 말을 사업계획서나
시집 발간계획서에 쓰고 있자니
뭔가 덜미를 잡힌 듯하다
미늘이 있는 말이어서
과연 무엇이 지속 가능하기를 바라는 것일까
"미래를 갉아먹고 전진할수록 불어나는 과거"*가 무
서운 얼굴로 들여다보고 있는 것 같다

끝이 없을 거라는 믿음은 얼마나 텅 빈 말인가
지속 가능한 것에는 안위와 행복, 공동선으로 요약된
피 같은 것이 묻어 있기는 하지만
침식하는 바닷가 언덕에서 바라보는 수평선이나
자기 관을 채우는 순장품들,
누려 왔던 것들의 지속 가능한 뜻이다
뜬눈으로 지켜보지만 오지 않는 미래일 뿐이면 어떻
게 할 것인가
나만의 관점일 뿐인 것을 모두를 위한 진보라 믿고 있
다면

무엇을 해야 하고, 하고 있어야 했던 것은 아닐까

돌아서서 우리의 유품을 챙기며 좋았던 기억을 되씹
고 있는 것이라면

지속 가능한 것은 벌써 파괴되고 처참한 폐허 위에서
시작되었어야 한다

그러나 아무도 수천수만 번 폐허 위에서도 고리를 끊
지 않았다

고쳐 쓴 연설문처럼

스스로 자기복제를 하고 말았다

* 앙리 베르그송

꽃의 부하들

꽃의 부하가 아니고서야 눈밭에서 핀
복수초에서 동백, 매화, 진달래, 벚꽃 소식을 봉홧불
마냥 전할 수 있는 것인가

꽃의 부하여도 좋다
열흘 붉고 노란 신하여도
그렇게 아름답게 지는 석양의 권력 앞에
꽃소식 물어 나르고
술 한잔하자고 부르는
먼 길 자원방래自遠方來라면
제주에서 강원도 사는 시인들이 북으로 북으로 보내
는 동강할미꽃, 선암사 매화 소식을 보노라면 꽃의 졸개
들이자 파발병, 말번병이다

2부

가장 먼 고장의 차표를 끊자

눈사람 만드는 사람

무찌르고 싶은 사람들이 많았으나
이 사람만은 가장
순백하게 빚고 싶어
가장 미운 사람 지우고,
끝내

스스로 엎어져 우는 사람

아버지에게 호랑이 이야기를 듣다

집 안에서도 마스크를 쓴 듯
밥 먹으면서도 이야기가 없었던 한 해
묵묵 밥만 먹었다
새해 아침 검은 호랑이 해라기에
아버지에게 처음으로 호랑이 본 적이 있냐고 물었다
소나기밥에 제일 먼저 밥상을 뜨는 아버지가 그 말에
반색하며
두 번 만난 이야기를 한다
밥알이 튀는 줄도 모르고
군대 살 때 부관과 함께 산을 넘는데 날망에 앉아 내려
다보던 호랑이 때문에 혼비백산 뒷걸음질 쳤다는 것과
또 한 번은 대대장 지프차로 서울 가다가
초가지붕을 넘는 호랑이에 놀란 운전병 때문에 차가
굴러 모두 다쳤다는
밥알이 튀고 동물원에서나 호랑이를 본 아들들은 반
신반의하며 듣는데
강원도에서 중고등학교 다닐 때 선생님 부탁으로 호
식총 조사를 해 본 아내(호랑이띠)나 어릴 적 뒷간에 똥

누러 갈 때 호랑이가 나왔다는 할머니 이야기를 들었던
나는 호랑이 이야기가 온전히 사실이라는 걸 믿는다
　　호랑이가 이렇게 반갑다니!
　　그걸 물어 주니 아버지는 신이 나서 호랑이 이야기를
한다
　　가끔 이렇게 물어 주어야 하는 것을
　　아버지나 어머니는 하나도 까먹지 않고 화수분처럼
가슴속에 이야기 안고 사는 것을,
　　다 하지는 못하고 식어 흙이 되는
　　밥알 튀는 이야기들을

풍장

　털두꺼비하늘소가 단풍나무에서 적멸에 든 것은 늦
여름이었다
　매미가 벗어 놓은 몸이 그렇듯
　나무를 근간으로 산 파르티잔답게
　단풍나무에서 스스로 풍장을 치렀다.
　단풍나무는 갈수록 붉어지고
　노란 이끼가 끼어 털두꺼비하늘소가 가지 못한 길을
알려 주었고
　풍장 된 몸은 하얗게 말라붙었어도 그 자리에 깊이
발톱을 박고
　단풍이 어찌 붉고 노랗기만 하겠느냐는 듯이

커튼콜

벚꽃 엔딩이 아름답다고
다시 불러내지 마세요
언 손 비비고 입김 불어 보낸
겨울과
살갗 찢어지도록 열연한 봄에게
꽃들이
북녘 말처럼
일 없습네다 하고
잎들을 부르네요
이제 1막 2장,
잠시 암전을 즐기세요

돼지국밥의 비약

택시를 불렀다

에이엠 라디오를 듣는 기사가 왔다

현장에 나가 있는 리포터가 돼지국밥 이야기를 하고

있던 참인데

기사가 돼지국밥 맛이 어떠냐고 물었다

그게 처음 먹는 사람은 비릴 수 있지요 차차 먹다 보

면 맛있지만… 하고 말을 흘렸다

그러니 기사가 옛날로 돌아가

공무원 하며 소 키우던 때로 날아가더니 쇠전에서 먹

던 소머리에 내장 등속을 넣어 말아 주던 국밥 이야기

를 했다

어려운 시절 배고프던 시절에 먹던 국밥 맛을 요즘 사

람들은 모를 거라는 이야기까진 좋은데 더 나아가 박통

이 가난과 도탄에 빠진 국민들을 잘살게 해 주었다고 비

약하더니 이재명이 뽑는다는 빨갱이 새끼들이 나라 말

아먹는다고 적화야욕에 짓밟히고 나서야 정신 차릴 거

라고 아무개 목사처럼 떠들었다

내가 차를 몰았으면 당장 차를 멈추고 내리라고 소리

치고 싶었지만 참았다. 우회도로에서 내려 달랄 수 없어서 꾹 참고 가자니

그이는 여성 혐오자여서 갓길에 접촉사고로 전화 중인 여자에게 갖은 저주를 퍼부었다. 거기까지 아프다 하고 돈 뜯어낼 거라고 저런 X는 봐줘선 안 된다고 떠들더니 나더러 선생님은 술 자시러 가느냐고 물었다.

빨갱이 집회에 가는 중이라고 말하고 싶었으나 참았다.

나는 왜 김수영 시인이 말했듯이 저 모래알처럼 작은 것에 분개하는지,

저 시대를 잘못 타고난 기사는 왜 브레이크 없는 운전대를 잡고 각하 시대로 가지 못하고 분개하고 있는지

나는 배우다

도시에 산다
당연히 잘 입고 먹고
아파트와 차를 갖고 살며
나쁜 역할 전문 배우로 살아가고 있다
하루 스케줄을 훑어보면 알 것이다
착한 가격 착한 가게란 말처럼 의미가 없는 구분이지만
잘 살려고 할수록 나쁜 역할을 맡아
극중 인물에게서
빠져나올 수 없는
연속극 막장 드라마로 산다

먹고 마시는 몸부터
즐기고 누리는 마음마저
나는 어디까지나 편리한
삶의
무대가 주어지는 대로 살 수밖에 없다고
주어진 역할을 하며 죽을 때까지 나쁜 역할을 어쩔
수 없이 하는

배우다

가끔은 친환경 무공해 물품을 소비하며 무전여행을
하며 무색무취의 자신으로 돌아가고는 하지만
배역은 늘 도시로 돌아오는 배우
기껏해야 신호를 지키고 이웃에게 욕하거나 폐를 끼
치지 않는 평판으로 위무하며 살아서
거울 뒷면의 수은처럼 비웃음을 깔고 사는 천상 배우
로 산다

상위 2%

전업작가랍시고 예술가는 어떻게 사는지에 대한 인
터뷰를 한 적이 있다 원고료 수입이며 발표 지면 생계
해결 잔고 0 등등 이야기하다가 어째 계속 가다가는 불
쌍해질 것 같아 그래도 물심양면으로 배려해 주는 아내
가 있어서 잘 산다고 했더니 인터뷰어 낯빛이 바뀌면서
메모하던 대학노트를 덮었다 이러면 선생님은 다른 예
술가들에 비하면 상위 2%란다

상위 2% 자본주의 시장의 상위 2%를 가진 자본가 기
득권을 말할 때 듣던 2%라고? 인터뷰를 더는 진행할 수
없다는 듯 그나마 선생님은 행복한 줄 아시라는 투로
말하는 것이 그간 들은 이야기는 폐기하겠습니다로 들
리는 것이었다
맞다 그런 식으로 말하면 나는 2%다 9급 공무원으
로 시작해 지금은 5급 사무관 아내를 두었으니 열심히
시만 쓰면 되겠네요 그런 말 많이 듣는다

그렇게 믿고 싶은 것일까 틈틈 들어오는 강의료 원고

료 심사비 회의비로 간신히 안 쫓겨나고 버틴 20년 그것
도 작은도서관 한다고 책 사고 임대료 전기세 통신비 등
등 연구비처럼 쏟아부으며 버틴 30년 아버지 어머니 모
시고 살며(선배 말로는 하숙생이 맞다고 한다) 아이 둘
키운 결혼 생활을 개괄해 볼 겨를이 없이 단순비교했기
때문이란 걸 안다 가난과 결핍은 스스로 증명해야 하고
지금이라도 일이 끊기면 굶어 죽을 수밖에 없는 최전선
의 예술가들에게는 기름진 손 바지춤에 닦는 것밖에 안
되는 줄 안다

　　그러나 이런 식으로 후벼 파고 도려내고 줄 세우고 누
가 봐도 딱 굶어 죽기 마련인 것 같은 예술가를 찾고 이
야기를 들을 거라면 나는 아무 말 없이 독립채산제로
가계와 생계 경계에 서서 시를 쓰는 그래야만 하는 나
는 아내가 그 자리에 오기까지 얼마나 힘들었는지(첫째
는 만삭을 넘어 낳기 전까지 일했다, 그런 와중에 상사
는 애 다음에 낳으면 안 되냐고 근본 없는 농담을 했고,
둘째는 주말부부로 살며 점심시간에 젖을 짜 얼렸다가

공수해서 키웠다) 지금도 야근을 밥 먹듯이 하고 쪽잠을 자고 일해야 하는 걸 알면서도 시를 쓰고 있는 나의 예술은 언제 이야기가 되나 이것이 한 줄로 말할 수 있는 것인가 아내의 청춘과 일이 내 예술을 키우고 내 시가 아이들을 키운 것은 아니지만 어느 것 하나 빼놓고 말할 수 없는 공자의 생활고 같은 그 정도면 2%니 행복한 줄 알라고 말한다면 네가 좋아서 하는 일에 뭐 불만과 애로가 있냐고 말하는 또 다른 공무원이 평가지표를 매기는 작은도서관 문을 닫고 퇴근하다 학교 운동장 구석에 앉아 시를 쓰는 나는

처용공업사

근간에 둔 이름 치고는 상상이 가지 않는다
교과서에서나 보았던 대규모 석유화학공장 지대를
지나며
발견한 처용공업사
처용의 무엇이 둥근고딕체의 간판이 되었을까
별것 아닌데 오래 머무는
쓸데없는 생각이 있긴 하다

처용은 이곳이 석유화학단지가 될 거라
상상이나 했을까
두 다리를 내어 주고 역신이 되었던 것은
미친 은유이기도 하여서
저렇게 사내의 내장에서 끓어오르는
연기처럼 처용스러운
몸 없는 기관이 되어 버린 것은 아닐까

내가 어딘가 망가져야만 가 닿을 것 같은
처용공업사

냄비의 역습

냄비 근성이란 말이 사람을 다치게도 한다
라면 끓이다가 냄비를 엎었다
저녁 약속이 깨지고
밥 먹으러 나간다고 했다가
어물쩍 주저앉아
라면을 끓이는데
바쁜 마음이 수족을 제멋대로
건드릴 때가 있어
기어이 팔팔 끓는 라면 국물째 바닥에 쏟고 말았
는데
아닌 밤중에 화상 입어 응급실 가는가 싶어 놀라기
앞서
민망하고 웃픈 촌극을 쓸어 담느라 허둥대는 꼴이
라니
어찌어찌 피한 모양인지
발바닥만 화끈해져서
냄비를 내려다보고 있자니
냄비가 딱 내 짝이고

근성 어디 안 간다 싶다

소갈딱지의 역습인 셈이다

행복도시

조치원 읍내 작은도서관에서
초·중·대학생 합반으로 시 쓰기 수업
안면 트고 시가 될 만한 이야기가 있을까 싶어
조치원역이며 시장 이야기를 했더니
이곳에 살지 않아 모른단다
어디서 왔느냐 물으니
행복도시에서 왔단다
행복도시가 어디냐 물으니
세종시란다
조치원이 세종시가 된 것은 모르지 않으나
세종시가 행복도시였다니!
그러니 이 아이들은 행복도시를 넘어
조치원 읍내에 불시착한 것처럼
더는 물어보지 말라는 얼굴빛이었던 것이다

행복도시에서 온 아이들의 시는 이랬다

"지금의 나는 너무 힘들어/나중에 뭐가 될지도 몰

라/공부도 하기 싫어."(○○○, 초등 5학년)

"졸리다/지루하다/짜증난다/답답하다/후회된다/재미없다/너랑 있으면 생기는 기분이야."(○○○, 초등 5학년)

"우리는 왜 피를 흘리며/책과 공부의 노예가 됐을까?//우리는 언제쯤 책과 공부로부터 해방되어/'나'의 노예가 될 수 있을까?"(○○○, 초등 4학년)

"태풍은 좋겠다/진로가 정해져 있어서//태풍은 지금의 길이 마음에 들지 않으면/길을 바꿀 수도 있어 좋겠다//나도 태풍처럼 누가 정해 주지 않는/내가 원하는 길로/가고 싶다."(○○○, 대학 2학년)

조치원이 복숭아로 이름난 것이나
무궁화호 새마을호 타고 목포, 진주 가는 건 알 필요 없는
아이들이 시 한 편씩 쓴 것만으로도 개갈날 일이지만
문득 아이들이 넘어갈
행복도시가 궁금해졌다

눈 극장

눈이 오는 날은
창이 좀 더 클수록 좋다
눈은 떨어지기보다
날아서 도착한
어느 나라 영화 자막이어서
나뭇가지에 앉은 새도 빨간 열매를 따 먹으며
먼 나라에서 온 이야기의
겉봉을 뜯는다

이 이야기의 끝은
엔딩 자막이 올라야만
의자에서 일어날 수 있다
그래야만 거기
지나가는 사람 9라도
한 줄 들어갈 수 있는
그런 이야기,
장르 불문 당신의 차기 출연작
연속 상영하는

눈발을 맞으며 퇴장할 일만 남은,
이런 날엔
가장 먼 고장의 차표를 끊자

생계

중학교에 시 강의하러 갔더니
질문 시간에 대뜸 한 아이가
생계는 어떻게 하느냐고 묻는다
어느 날 갑자기 아내가
꿈이 뭐냐고 묻던 때처럼
더듬거렸다

참 어려운 말을 생각 없이 말한다 싶다가도
그 말이 스스로 궁금해서 나온 것일까
아니면 어른들이 주입한 말일까

시인은 굶어 죽기 딱인
직업도 아닌 것이다
초등학교 시절 평화사절단으로 온 외국인에게
옛 아버지들이 기브 미 초콜릿! 했듯이
굿모닝! 하고 건넨 말이
굶었니? 하고 돌아오던 것처럼
생계는 아직도 비계 위를 걷는 말이다

생계가 무슨 말인지 아냐고 물으니
그거야 당연히 먹고사는 일이죠
그걸 모를까 보냐고 눈을 크게 뜨는 아이들 앞에서
생계란 말을 몸소 알게 되는 날은 언제일까
가난이란 말이 그저 돈이 좀 모자라거나
집 없다는 것일 뿐이라는 걸 알게 될까

그러나 대답을 그리 궁금해하지 않은 듯
질문일 뿐이다
살아갈 방도나 형편이란 뜻풀이는 어렵기만 하다
좋아하는 일을 하며 밥 굶지 않고 살 만하다고 말하
는 것도
궁색하다

바지락 씻듯 해감한 아이들의 눈빛을 보고 싶다

선풍기

대전 당진간 고속도로 상행선
1.5톤 용달차에
장롱 냉장고 가스레인지 이불 책상 빨래건조대 선
풍기
딱 살림에 필요한 것들만 칭칭 감은 짐끈 사이

선풍기 날개 돌고 있다
얼굴 한 번 만져 주지 못한
먼지 묻은 날개를 느린 화면처럼 돌리고 있다

지난여름은 지옥과도 같았으나

......

싸우기도 절단 내기도
모서리며 문짝 여럿 망가지고 움푹 패인

......

이하 생략한다고
이사 가서는 처음인 듯 살아야겠지
역시······

이하 생략한다
고 어둠에서 뻗는 손길처럼

바람은 어떤 뜻을 가졌을까

산으로 둘러싸이거나
툭 터진 들이거나
바다가 내려다보이는
학교 운동장에 가면
아이들과 시 쓰기 시간이 떠오른다
무지개는 비의 눈물이라거나
글을 깨치지 못해 쏘가리 얼룩무늬 그리던
1학년들 생각난다
그중에서 내가 제목을 빌려 쓴
아이는 운동장을 가로질러 불어오는
바람은 어떤 뜻을 가졌느냐고
물었다
시가 무엇이냐고
어떻게 쓰냐고
묻는 형과 누나 들을
오도마니 바라보다가
운동장을 달려온 숨가쁜
눈망울을 내려놓고

쓰던 아이

세상에 없는 말을 말하려는데
어른들은 자꾸 뜻을 아느냐고
무슨 뜻인지 아느냐고 다그치는데
바람이 불어오는 산과 바다와
들, 나무와 풀,
운동장을 닮은
바람이 불면 춥고 시원하기도 한데
바람은 무슨 뜻을 가졌을까?
비가 온다는
눈이 온다는 신혼가?*

*정연우(청주 상봉초) 시 「바람은 어떤 뜻을 가졌을까?」 인용

미래기술공업사

선반 가공
용접
H빔 철골 시공
조립식 건축
농산업기계 제작 수리

제천 덕산면 수산은
물 수에 뫼 산이라서 제비마을이라는데

공업사 간판 앞에 서서
미래는 박씨가 아닐까 하고
경운기 한 대 수리 중인 그곳을
오래 바라보고 있었다

3부
쩜매 주고 싶은 상처

장수풍뎅이

장수풍뎅이가 날아가는 것을 보았다

한 번은 퇴근길에 들른 산성 해넘이 때 성벽 아래 소
나무에서 서쪽 미호문 쪽 소나무로 날아가는 것을 직박
구리가 낚아채려다 놀라 급 유턴할 때

또 한 번은 초등 6학년 교실에서 시 쓰기 수업을 마치
고 점심 먹으러 굴다리를 지날 때였다

갑옷을 뻐꾸기시계 문처럼 열고 뿔 앞세워

나는 모습이 꽤 우스꽝스럽고

장중하여 새와 다른 기분이었다

달팽이처럼

자기가 집인 것이 날아가는 것이면서

어느 여름날 시인학교에서 그랬던 것처럼

어깨 위에 브로치처럼 달려 참을 인忍 자

백은 헤아리다가 날아갔듯이

제 몸을 찢고 나온 우화한 날것의 정중동이어서

안다는 것

무당거미란 이름만 알고 끝나는 것이 아니다
영화배우 송강호가 주연으로 나오는 반칙왕 가면을
닮은
무당거미가 뽕나무 가지나 벚나무 가지에 줄을 쳤더
란 것만 알아서도,
거미줄에 걸려든
나비, 나방, 매미 들 체액을 빨아 먹는 무시무시한 것만
알아서 될 일이 아니다
그런 이야기는 지식백과사전을 검색하면 나오는 것
보기에는 숭악해 보여도
우리 사는 일과 같아서
무당거미도 겨울이 다가오면
나무 겨드랑이쯤에
알을 낳고 줄을 뽑아 집을 만드는 데 나무껍질을 수
없이 턱으로 갉아 알집을 덮고 제 몸을 소진하고 다음
세대에게 물려주고 사라진다는 것까지 알면 저절로 겸
허해진다
풀과 벌레든 모든 삶이 그렇게 이어지고 얽혀 있다는

것을 알아야 하는데 그마저 넘고 나면 또 무엇이 있
는지

사투

경칩을 2주나 앞두었는데
율량천 벌흙에 줍줍줍
주둥이질하던 오리가
개구리를 물었다
오리로서는 환호작약할 일이지만
개구리로서는 참변이다
있는 힘껏 몸부림치는데
오리는 한 입에 삼키지 못하고
연신 부리질을 해 가며
씨름 중이다
개구리는 뒷다리로 버티며 몇 번 탈출하는가 싶더니
사투는 그냥 사투일 뿐
오리 목구멍으로 사라지고 만다

절로 정신 번쩍 든다

라이더

　　장수 씨는 첫 라이딩 때 쓸 헬멧을 고르지 못하고 있
다가
　　아침 산책길에 본 딱정벌레에 꽂혔다
　　집에 돌아오자마자 쉽게 찾는 우리 곤충을 펴 들고
보니
　　비슷한 거라곤 중국청람색잎벌레밖에 없어
　　느닷없이 식욕이 떨어졌다
　　다만 참고란에 고구마잎벌레가 나와 인터넷에서 찾
아보니 그 벌레였다
　　검푸른 기름기 도는 저것이면 되었다 싶어
　　풀잎 끝에 선 것처럼 애국심이 끓어올랐다

알뿌리

원추리나물 무침 하려고 새순을 잘라 왔는데
어머니는 알뿌리째 캐 오셨다
유일한 텃밭인 베란다 화분에 심고 보시려는 심사
인데
싹둑 자른 원추리가
저를 밀고 올라오는데
하루가 다르게 치밀어 오른다는 말이 맞을 만큼 그
속도가!
바보같이 그때까지만 해도
자른 상처에서 저를 자른 칼날을 기억하며 칼을
물고
돋는 줄 알았다
그런데 그게 아니라
저 밑 알뿌리의 힘으로 저를 밀어 올리며
어쩔 건데 그래서 어쩔 건데 하며 잘린 머리를 들이
미는,
저릿한 말로 보이는 것이다
식물도 동물이지 않을까

그렇게 또 꽃 피우는 것이다

꽃은 어쩌면 꽃 이전에 내가 한 일에 대한 선전포고와 같은 것이 아닐까

폭언과 폭탄이 꽃인 줄 알고 던져대는 세상에 대한 진군.

꿈

꿈이 무엇이냐고 아내가 물었다
집앞 골목 구룡포횟집을 지나올 때
회를 뜨다 말고 아는 척을 하는
보지도 않고 정확히 살과 가시를 발라내는 주인장의
능숙한 칼질 같아서
아무 말도 할 수 없었다 뼈째 드러내는 꿈을
아직도 갖고 있는 사람이 있었던가
아내들은 우울하거나 슬프거나 설령 기분이 좋은 날
에도 훅 치고 들어온다
목표라도
뭐 있을 것 아니냐고
자주 랙이 걸리는 컴퓨터 본체처럼 껐다가 켜야 할 때
마다 삶이라는 프로그램 전체를 읽어 내려가지만 꿈과
목표는 읽을 수 없다 목적이, 목젖이 접힐 뿐이다

내 꿈은 무엇일까
무엇이어야만 할까

벌교

    어머니는 가마솥에 꼬막 삶아도 핏기 가신 배릿한 눈
만들어내시고
    남은 껍데기 부뚜막에 붙이시고
    삼촌은 가심이 아파 꼬막 껍데기 불에 태워 갈아 마
시고
    나는 꼬막 껍데기 꽁지 돌돌 구멍 뚫어 목걸이 만
들고
    어머니 몰래 실꾸리 꺼내 원기소 냄새 나는 목사 딸
에게 바치고
    꼬막은 깡깡한 가난살이
    뻘에 살아도 해감하지 않는 맑은 눈
    핏기 도는 맑은 눈 저절로 밝아지는 눈
    그래서 아직도 꼬막눈은 맞닥뜨리기 어려운
    눈부처
    네 눈에 매가 비치는 남도의 감빛 눈

삼룡이

삼룡이는 어릴 적 별명
돌아가신 용수 김샌 아주머니 말대로 하면
비실비실해서 맨날 길바닥에 누워 있던
코미디언 배삼룡 이름 따다 붙였다는 삼룡이
기억이 없다
울기는 많이 울었다
는 건 안다
백이산 자락에 용 꼬리처럼 생겨
씩씩한 기상이 넘친다던 용동 부락의 울보였다
고개 너머 송강 살던 여자 짝꿍한테 꼬집히고
돌에 맞아 울었던 기억 철철하고
점빵 하던 우리 집 꽈배기 훔쳐 혼자 먹는다고
다 이를 거라는 친구들 말에 또 울었다

눈물은 늘 길바닥에 넘쳤으니
울보의 하늘은 길바닥이었던 셈이다
어쩌면 대숲이 있는 도랑가 집에 살았던 탓이다 싶다
탱자 울타리에 벙벙 넘치던 참새, 오목눈이, 박새 탓

이기도 하다

　아버지 어머니가 횡개다리 밑 꼬막 장수한테서 주워
왔다는 소리에

　벽을 지고 울었던 비실비실 삼룡이

　개다리춤 추다가 넘어진

올갱잇국

올갱잇국 먹다 보면 희영이 어머니 생각

금관숲 지나 어암리 사시는 희영이 어머니는 올갱이
잡아 아들 둘을 대학까지 갈친 분이다 어쩌다 어버이날
가슴에 카네이션을 달게는 되었지만 내 문장 어디에도
연골이 닳고 뼈마디가 으스러지도록 고생한 흔적이 없
다는 것을, 뚝배기에 올라온 올갱이 살처럼 하나하나 빼
내서 다시 끓인 맛이 나지 않는다는 것을 무엇보다—
죽으란 법 없더라고. 수박 농사, 고추 농사 짓고 밤중에
올갱이 잡으러 다녔어. 얼음이 안 깨진 데는 미끄러져 엎
어질까 봐 엉금엉금 겨서 들어가, 눈보라 치고 비 오는데
도 잡았지 여기 팔꿈치가 시커멓게 된 겨. 얼음 언 데를
겨서는 물구멍 난 데로 이렇게 들어가 갖구 장화 신구.
춤대 갖구 우비 입구 국자 같은 족대를 이렇게 대구서는
물안경 대구 잡았어. 돌멩이 들어간 건 이렇게 일어서
앞치마에다 쏟고. 등허리에 짊어지고 디다 보니 허리 아
프지. 발이 시렵구 손 시렵구

내 무릎과 손으로는 이런 문장을 쓸 수 없다는 걸 안
다. 고생한 흔적이라고는 찾아볼 수 없는 그냥 검고 못생
겼을 뿐인 손과 무릎으로는 한 문장도 갈칠 수 없다는
걸, 먼 시장으로 팔러 다니지도 못했으니 어머니는 항상
내 삶과 시의 대척점에 있다는 걸 안다 쌀안 장터 할아
버지와 할머니 대바늘로 올갱이 살 바르고 있는 벌꿀식
당에서 올갱잇국 한 그릇 앞에 놓고 어릴 때 젖 모자란
놈마냥 땀만 비질비질 흘리고 있다

비 오는 날 어머니와 강낭콩을 까며

밥에 넣어 먹으면 참 맛있는데
애덜은 안 좋아한다고
어머니 말이
아직 콩깍지에 묻은 맹글맹글 빛나는 그늘처럼

좀 더 어른이 되면 좋아하게 되겠지요 속말을 하며
느닷없이 콩밥 좋아하던 고향으로 건너간다
생각하고 자시고 할 것도 없이
밥풀 묻은 강낭콩 그대로 골라 두었다가 따로 먹었던
어릴 적 상고머리가
콩깍지에서 유난히
붉은 강낭콩이 나오길 기다리며
까고 있으니 어머니와 천당 가는 버스를 탄 것 같다
강낭콩은 왜 붉은 실핏줄과도 같은 것으로 과연 내
가 어머니의 배 속에서 나왔을까 싶은 마음이 들 만큼
각별하고 애틋하게 쩜매 주고 싶은 상처 냄새가 날까
강낭콩이 강낭콩이어서 횡개다리 아래 꼬막 장수한
테서 얻어 왔다는 옛날 말이 시였음을, 천애天涯라는 말이 어딘가에서 보았던 고아원 이름이었던 것 같기도 한 공간도 시간도 아닌 무릎을 맞대고 앉아 콩을 까고 따뜻한 밥을 기다리는 것이겠거니 하는

나는 토란, 고구마도 아닌 강낭콩에서 나온 게 틀림없다

꽃절 간다

어머니와 보탑사 꽃구경 간다

유리창에 뽁뽁이 뗀 지도 얼마 되지 않았는데 봄꽃
은 구제 옷처럼 더미로 피니

앉아서도 꽃구경인데 뭔 꽃구경이라니 한 번은 거절
하시는 어머니

관절에 좋고 기침에 좋다는 요리 정보에 트롯 열풍 텔
레비전 볼륨 높이셨어도 꽃구경이라니

설레시나 보다

산으로 들어가는 절 어귀에는 산벚꽃이 아직 절정
이니

어휴 꽃 좀 봐 환장하것네

창문을 문풍지 삼아 붙들고 감탄이시더니

꽃절 앞에서 꽃은 벌써 시들해지신 모양

삼백 년 넘은 느티나무에 반하셨다

많이도 먹었다 많이도 먹었어

어쩌자고 오래 살았을까

팔을 벌려 느티잠을 재시더니

느티나무 안으로 걸어 들어가실 것 같다

어저저, 구제 옷 벗어 놓고
도들도들한 무늬 속으로
다시 피고 다시 피는 꽃보다는
기어이 느티나무 속으로.

제비

성환읍 공용터미널 처마에 집을 지은 제비
중요 지명 피의자 종합 공개 수배 포스터와
동서울 평택 직행 간판 사이에서 새끼를 기른다
강남은 남십자성이 빛난다는 어디쯤일까
제비집 아래 버스를 기다리는
남방의 노동자 눈빛과 닮았다
혈혈단신 날아온 읍내
무거운 어깨에 지은 제비집
그래도 가까운 곳에 물어 올 논흙과 벌레가 있어서
집 지을 자리를 마련했듯이
먹여살리고 일가를 이룰 수 있어 좋은 읍내이기를

통점

통점이 아니다
내암리 옛 이름이
통점이다
오래 쓴 뼈에서
연골이 삐져나오듯
통점에서
통점으로 삐져나온
그러나 아프지 않은 곳
해마다 깊은 겨울 이겨내
통 하고
앵초며 별꽃,
현호색 윤판나물 붓꽃 물레나물
북방산개구리 아무르아무르
무당 옴개구리에 꼬리치레도롱뇽까지
내어 놓은 찬란한
슬픔이자 아픔의 다른
이름이여

4부
오늘은 생강나무까지만 가자

시에 바다 한 줄 나오지 않는

오천항은 충청수영성이 있던 항구

보령 대천바다가 가까워도 산마을처럼 고개 넘어 돌고 돌아 가는 작은 항구

더는 물러설 곳 없고 나아갈 곳 없는

항구의 아이들은 횟집을 하거나 중국집을 하거나 배를 타는 아버지와 할아버지를 두었어도

배 이름도 모르고 멀미를 하고

시에 바다 한 줄 나오지 않는다

이게 다 바다를 향해 달려온 가파른 도시것의 욕심일 뿐이어서

낚시꾼들이 점령해 버린 학교 운동장도 재미없으니 얼른 끝내 달라고 얼른 잔챙이 한 마리라도 건져 가시라고

포세이돈호 순흥호 뉴등대호 등등처럼 싱숭생숭

사내

변심한 애인일까
집 나간 아내일까
앞집 식당에 새로 온 아주머니
어떤 사내에게 불려 나왔다
아주머니는 말없이 서 있고
아저씨는 멱살잡이라도 할 듯이
화를 참지 못한 것이
발동기 같다
이러지도 못하고 저러지도 못하다가
고작 보도블록 뜯어다가 바닥에 내리치는 것이다
두 동강이 나도 꿈쩍도 않는다
아주머니의 공력
눈 하나 깜짝하지 않는다
사랑이 그렇다
애걸복걸하거나
눈물 훔치며 매달리지 않는다
벽으로 몰아세우며 다짐을 받고자 하지만
눈빛 한 번 흔들리지 않는다

당장이라도 꿰어차 가슴에 집어넣고 가고 싶지만
눈빛 한 번 흔들리지 않는다
사랑이 만들어 놓은 결기다
돌을 들었으나 내리칠 수 없는
사랑은
겨울 어물전 바닥 때리는 동태 상자,
조각나 뭉툭해지거나
국물이 되거나

허구가 살린다

연꽃방죽을 돌다 올 첫 뱀을 만났다
햇볕을 쬐다가
놀랄 틈도 없이
개골창 풀섶으로 달아났다
스르륵도 아니고 거의
풀화살 쏜 듯이
도망치니
무서울 틈도 없이
뱀이 달아난 자리를
바라보다 생각한다
얼마나 무서웠을까
무섭기로 치면 내가 더 무서워서
자지러들 판이었는데
흐억! 하기도 전에 달아나니
뭔가 속은 기분이다
뱀이 달고 다니는 무서움은
내가 지어낸 것이어서 맞닥뜨리면
저렇게 숨는 것이다

머리와 꼬리도 없었다는 듯이
소스라치게 숨는 것이다

완역본

그의 몸은 죽음에 편입되어 있다

지금까지는 몸을 다룬 정신사의 승리였으나

이제는 몸이 소유권을 주장하며 결박하고 있으니 정
신사의 모두를 몸에 돌려주고 어디일지 모를 곳으로 가
야 한다

정신은 흔히 말하는 영혼은 아니어서 불멸한다거나
다시 살아나는 것이 아니다

몸에 딱 맞는 크기의 완간본으로 돌아가는 것이다

그간의 숱한 오역과 오독을 바로잡은 완역본으로 오
기까지

몸이 쓴 몸의 역사는 정신사에 못지않았다

마지막 끝 문장을 완성하느라 바쳐진 몸의 역사를

시내에서 혼자 먹다

오래전도 아닌데 시내 간다며
때 빼고 광내고 시내 영화 보러 가던 날이 있었다
줄을 서서 영화표를 기다리며 청주극장과 건너편 대
한극장
영사실 사이 매달린 줄로 막 상영이 끝난 필름통이
지나갔다
이제 옛날 영화 보러 가는 일이 되어 버린
단골가게는 몇 안 남고
아무 말도 없이 이사해 버린 친구의 집에 들러
(계세요 계세요 하는데
그 말이 개세요 개세요로 들린다)
부재를 확인하며 돌아 나와
낮술 냄새와 박카스 냄새 죽은 백 년 나무를 감싼 중
앙공원을 지나
아직 메뉴를 정하지 못하고

투명 인간

그는 끝내 투명 망토를 발명하고 말았다
아니 투명 망토가 되었다
처음엔 지루하다 못해 난장판이 되어 버린 회의에서
슬쩍 빠져나오거나
날마다 같은 말술을 마시는 회식 자리에서 가방도 없
이 빠져나와도
모르는 사람들 때문에 쾌재를 부르며 즐기던 일이
그만
공황장애인 줄 알았다
보고서가 채택이 안 되고
팔로우와 좋아요 수가 줄어들고
무슨 생각 하고 있냐는 질문 앞에서 엄지손가락 마비
증상이 왔을 때
사람이 모인 자리에 가는 것이 싫고
다음 날짜로 잡힌 워크숍 발제 내용이 지끈거릴 때도
잘 씹고 잘 자면 돌아오는 입맛 같은 외과적인 일인
줄 알았다
발신인과 수신인을 착각하고 눌러 버린 택배 주소처

럼 돌아오지 않는

　에이에스인 줄 알았다

　그러나 죽은 거나 다름없이 존재감이 없어지다가 과
로사나 고독사처럼

　죽었다고 뉴스에 나왔다가

　그 사람 어디 갔느냐는 소리만 들리는 환청에 시달리
고 보니

　죽어도 죽은 게 아님을 알았다

　그토록 바라던 투명 인간이 되어 버린 걸 몰랐던 것
이다

오늘은 생강나무까지만 가자

산에는 꼭대기까지 오르려고 가는 것이 아니다
오늘은 생강나무까지만 가자
두더지가 떠들쳐 놓은 흙 아래 숨소리도 듣고
마른 나뭇가지 바람에 부러지는 어수선함 속에서도
정갈하게 오르는
새싹의 숨을 맡으며
산에서 가장 먼저 핀다는
생강나무까지만 다녀오자
곧 구름나무에도 새잎이 돋겠지
사진 좀 덜 찍자
프레임에 가두지 말고
눈에 담아 오자
꽃 피는 순간을 초고속카메라로 보여 주는 것도 폭력
이듯
꽃은 뿌리의 말
생강 냄새 나는 이야기가 곧 시작되고
꽃 속에 아무개 벌레의 알이 자라
보드라운 잎에서 깰 거라는 것도 모른 척하자

바람 불어 좋은 날
마른 나뭇가지 부러지는 소리
마른 잎새처럼 내려앉는 봄 햇볕에
젖은 몸 말리고 내려오자
신전의 기둥들인
나무 아래 숙연해지고 의연해지며
세상 아래에서 오늘도 열심히 살자

노각나무가 있는

어느 소리도 끼어들 게 없는 숲에서
사람 소리만큼 천박한 게 없다
좋은 것을 자꾸 좋다고 하고
예쁘니까 꺾고 맛있으니까 잘라 가면서도
이보다 더 좋을 수가 없다고
힐링 힐링 한다
좋다(집 지어야지)
좋다(캐 가야지)
좋다(이상 이건 내 거야!)로 들릴 수 있으니
이 구간은 숨소리도 아깝게 질러 갔으면
오래 참을 수 있다면
숨 참고 들어간 바닷속처럼
바라보기만 했으면
아까시나무는 콩과
돌배나무는 장미과 노각나무는 차나무과
이런 가짜 경전 같은 소리는 집어치우고
길을 내어 주는 대로 걸어 들어가
더는 가지 못할 곳이라는 듯 산문을 닫아걸면

뒤돌아 나오며 방문이라는 표찰마저 내려놓는
아무도 다녀가지 않은 듯
거기 있게 하였으면
이것도 공염불에 비나리일 뿐이다

응

어느 고등학교에선가 시를 쓰는 시간
위로란 제목으로 집 나간 아들처럼 생긴 녀석이 이렇
게 썼다

—아부지는 술 먹고 살 만하냐 묻는다
—나는 그냥 으응 한다
—아버지는 힘들겠지 위로받았음 하겠지
—그래서 그냥 응 했다

응

사춘기의 아버지와 아들 사이 같다

응

ㅇ은 서로 위로받고 싶겠지
그러나 물과 기름처럼 한동안 떠 있겠지
서로의 나이는 진분수와 가분수처럼

풀어야만 하는 값이 될 테지만
지금 이 순간은 같은 허밍일 뿐이다
서로의 나이였을 때를 지나며
눈을 맞추는 ㅇ이지만
그럴 일은 없다
후회는 부재에서 낳는 알

염소 풀 뜯어 먹는 소리를 듣다

염소는 시계 태엽을 감거나
건전지를 갈아 끼우며 늦은 분침을 맞추지도 않는다
어느 동물도
정오나 자정을 알리는 시보에
귀 기울이지 않는다
새해 카운트다운을 하며
일을 시작하지도 않는다
시간을 만들어내어
몇 시 몇 분 몇 초를 헤아리다가
늙지 않는다
그저
숨소리를 들으며
몇 잎의 풀을 뜯었는지
집에 돌아가야 할지 걸음 수로
헤아릴 뿐이다
염소보다 고집 센 사람만이
시간을 통장 잔고 금고 건물 층수 접시 몇 개 옷 몇 벌
로 헤아리며

관리하다가 죽음이라는 문턱에서 되돌아갈 집이 없어서 운다

오늘내일하면서

염소 풀 뜯어 먹는 소리를 듣는다

도시락

내 점심 식사 자리를 알려 드리지요

아마 내가 산성 하고도 옛 집터 자리 찌그러진 양푼을 엎고 도시락을 먹는 것은

백석의 정주성(어데서 말 있는 듯이 크다란 산새 한 마리 어두운 골짜기로 난다)이나 김상억의 성터(그것은 어쩔 수 없이 '너'에 대한 '나'의 고독한 여백이었습니다. 속으로 운 바위의 노여움이며, 그렇게 참은 이끼의 고요한 노래 더불어, 나는 성터에선 숨가쁘지 아니하였습니다로 시작하는) 탓일지도 모릅니다

황매화 피는 막다른 길 너머 있는

폐사지에 자주 가는 것도 김수영 신동엽 이성복보다는 필사본 백록담 시절의 시인 영향일 것입니다

그곳마저 나물 캐고 산악자전거(21세기의 새로운 발명품) 사람들에게 들킨 뒤로는

옛 봉수대로 올라가는 임도 갓길로 밀려났지만

이마저도 혼자 목에 걸리지 않고 씹을 수 있어 황송한 자리가 되었지요

가끔 사랑하는 사람과

자리를 펴고 풀밭 위의 점심 같은 걸 하고 싶지만 아
직 미술사학적으로나 여성학적 인류사로 보면 다른 눈
이 있어 제쳐 두고
　　어머니가 싸 주시는 김치와 무말랭이 달걀부침 멸치
만으로도 좋아
　　내 나이보다 곱절로 씹고 또 씹어 삼키는 점심 호사
를 누리는 것으로 족합니다
　　혼자 다니는 어치가 산벚꽃 나뭇가지에 부리를 닦듯
　　점심이란 말이 혼자나 고독의 다른 말이어서 나무숲
을 지나는 봄의 속도와 같아서 아무도 눈치채지 못하는
병과도 같으니 그리 괘념치 않으셨으면 합니다

눈썹위에사마귀 철학관

전에는 버스에서 눈을 뜨면
○○은행 ○○지점 같은 걸 보고
완벽히 타지에 왔다는
굵은 침 삼킴 같은 것이 있었다
이제는 버스를 잘못 타
마량 같은 곳에 내릴 일이 없는데도
○○우체국 같은
내가 한 번도 써 보지 않은 말의
획을 흐릿한 유리창에 손가락으로
써 보는 것인데
오늘은 왠지 통영 동피랑 가기 전에 보았던
눈썹위에사마귀 철학관에 가고 싶다
다리 밑에서 주워 왔다는
어릴 적 그 바람벽 같은 말처럼
근원도 없는 몸을 뒤적여
꼭 좋은 점괘를 듣고 싶은 것일까
이제는 ○○은행 ○○지점 같은 것보다
갓신내린연꽃선녀나

구름돌할머니 점집처럼 영험하지는 않다 해도 먼 길
오느라 욕봤다며
복채는 안 받으니 이야기 한 대목이나 내놓고 가라는
노란 꽃가루 떨어지는 줄도 모르고
바다를 굽어보는
결가부좌 그 자세로 웃는 동백이
눈썹 위의 사마귀 아니었을까 싶어

마이馬耳

말귀가 어두워지고
귀가 아플 때
마이산에 간다
여기는 태곳적 말의 무덤이었으리
아직 솟지 않고 묻혀 있는 말귀들까지
헤아리며 돌탑을 쌓은 이를
기억하며 귀를 씻는다

사람은 귀부터 늙는다

유수지의 아이들

고라니 고양이 너구리 박새 곤줄박이나 들어가는
유수지에 아이들이 놀고 있다
두터운 겉옷은 멀찍이 벗어 놓고
갈대와 부들 지나 둠벙
얼음공주의 심장 가까이 들어간다.
동화는 그렇게 시작된다.
동화를 낳는 것은 아이들의 놀이와 삶
오래전에는 산과 들, 물, 바람과 함께 만들었지만
지금은 그럴 만한 ―학교와 학원 사이―겨를이 없다.
위험할수록 안전한 놀이기구처럼
저 멀리 벗어 둔 겉옷
결말 없는 이야기
내가 쓰고 싶은 이야기

나비 여인숙

이곳의 나비들은
거미줄에 걸려
죽음을 기다리듯
잡니다
이곳은 잠자기 위해
지어진 집이니까요
이곳에는 거미도
사마귀도 깃들어 있지만
잠을 위해 지어진 곳이니
베니어판 한 장으로 가벽을 하고
천장에 유리판 한 장으로
조명했더라도
서로의 목숨을 넘볼 수 없습니다.
거미도 사마귀도 벗어 놓은 가옷 같습니다.
하루마다 돌아가며 간판을 내건 까닭이 있지요.
노동과 사체보다 깊은 죽음은
밖의 일일 뿐입니다.
거리와 공장의 일이지요.

이곳은 오로지 죽음보다 깊은 잠을 위해 내건
모두의 집
바닥의 집

당신은 꿈 없음을 희망하세요

박다솜(문학평론가)

> 쇠토막을 넣어 저절로 굴러가는 기계의 원조는 말똥
> 구리 자벌레다
> 저를 뒤집어 굴러갈 수 있는
> 지구의 오래된 발전소
> 그렇게 지구는 굴러왔다
> 호모 사피엔스가 아니라
> 벌레들이 이끌어 온 터전이다
> 마고할미의 손가락이 그렇고
> 타란툴라 프로메테우스 쇠똥말똥구리의
> 뒤집어 굴려 가는 길이 그렇다
>
> ─「말똥」 전문

인류의 역할을 기각하고 벌레들이 지구의 주인임을 선언하는 위 시편을 통해 미루어 짐작할 수 있는 것처럼, 이종수의 시적 태도는 자연을 노래할 때와 인간사를 다룰 때 분명한 낙차를 형성한다. '시인의 말'에서 "광대노린재, 붉은산꽃하늘소, 늦털매미/호랑꽃

무지, 검정파리매, 멋쟁이딱정벌레" 등 잗다란 벌레들의 이름을 다정하게 부르던 시인은 "어느 소리도 끼어들 게 없는 숲에서/사람 소리만큼 천박한 게 없다(「노각나무가 있는」)"고 매정하게도 단언한다.

> 어느 소리도 끼어들 게 없는 숲에서
> 사람 소리만큼 천박한 게 없다
> 좋은 것을 자꾸 좋다고 하고
> 예쁘니까 꺾고 맛있으니까 잘라 가면서도
> 이보다 더 좋을 수가 없다고
> 힐링 힐링 한다
> 좋다(집 지어야지)
> 좋다(캐 가야지)
>
> ― 「노각나무가 있는」 부분

고즈넉한 숲속에서 들려오는 사람 소리가 천박하게 느껴지는 이유는 그것이 단순히 자연의 평온을 깨뜨리는 소음이기 때문만은 아니다. 그보다는 소음이 되어 버린 누군가의 말이 인간의 자기중심적 태도와 목적 지향적 사고방식을 담지하고 있기 때문일 것이다. 그런 사상들의 불순함이 사람 소리를 천박하게 만든다. 시에서 "좋다"는 담백한 "좋다"가 아니다. "좋은 것을 자꾸 좋다고 하"는 발화의 이면에는 좋은 것을 배타적으로 소유하고픈 욕심("집 지어야지", "캐 가야지")이 숨어 있다. 그리고 이 독점적 소유욕은 자기중심적 사고를 드러내는 동시에, 숲에서 경험하는 모든 좋은 것들을 어떤 목적에 복무하도록 만드는 것과도 연관되어 있다. 숲의 일부는 집을 짓기 위한 좋은 터가 되고 자연의 일부는 캐 가서 먹기에 좋은 산나물이 된다. "아무도 다녀가지 않은 듯/거기 있게 하였으면" 하고 화자는 바라지만 사람들은 기어이 좋은 것들의 쓸모를 찾아내어 소비하고 만다.

이런 태도는 비단 자연을 대하는 데 한정되는 것이 아니다. 우리는 사람에게서도 쓸모를 찾아내려 한다. 『빗소리 듣기 모임』의 주된 소재 중 하나는 시인이 진행하는 시 쓰기 수업에서 있었던 일들인데, "조치원 읍내 작은도서관에서/초·중·대학생 합반으로" 이루어진 수업에서 학생들은 이런 시를 써낸다. "지금의 나는 너무 힘들어/나중에 뭐가 될지도 몰라", "태풍은 좋겠다/진로가 정해져 있어서"(「행복도시」). 진로 설정의 고충을 토로하는 학생들의 시는 그들에게 가해지는 유무언의 압박—인간이라면 마땅히 무언가가 되어야 한다는, 장래희망이 있어야 한다는—으로부터 비어져 나온 신음이다. '행복도시'에서 온 아이들이 행복하지 않은 것은 그들에게 목표를 요구함으로써 너희의 쓸모를 증명하길 강요하는 사회적 분위기 탓일 테다. 너는 무엇이 되고 싶으냐는 끝없는 물음은 네가 아직 그것이 되지 못했음을, 따라서 미완성 상태의 존재임을 선고하는 것이기도 하다. 이는 시인이 인간의 목적론적 사고를 시종 비판적인 시선으로 응시하는 이유일 것이다.

목적 지향적 사유는 자본주의와 밀착하여 파괴적 시너지를 내기도 한다. 역시 시 쓰기 수업의 일화를 다루는 시편 「생계」에서 한 학생이 시인에게 "생계는 어떻게 하느냐고 묻는다". "생계가 무슨 말인지 아냐고 물으니/그거야 당연히 먹고사는 일이죠"라고 답하는, '생계'라는 단어의 의미를 누구보다 정확히 아는 학생들에게 장래희망은 더 이상 '하고 싶은 일'을 뜻하지 않는다. 그들에게 장래희망이란 먹고살기 위해 '하고 싶어 해야 하는 일'에 가깝다. 생계를 꾸려 나가기 어렵다고 여겨지는 직업은 정당한 목표로서 꿈꿔지지 않는다. 말하자면 돈 못 버는 예술가는 장래희망의 선택지가 될 수 없다. 자본주의적-목적 지향적 가치관은 이런 방식으로 모든 사람을 '먹고사는 일'에만 붙잡아 둔다. "시간을 통장 잔고 금고 건물 층수 접시 몇 개 옷 몇 벌로 헤아리며/관리하"(「염소 풀 뜯어 먹는 소리를 듣다」)는 그런 관점 속에서는 "좋아하는 일을 하며 밥 굶지 않고 살 만하다고 말하는"(「생계」) 시의 화자가 이미 꿈을 이룬 사람임을 결코 알아차릴 수 없다. 목적론적 사고와 시인의 가치관은 조금도 겹쳐지지 않는 것 같다.

> 산에는 꼭대기까지 오르려고 가는 것이 아니다
> 오늘은 생강나무까지만 가자
> 두더지가 떠들쳐 놓은 흙 아래 숨소리도 듣고
> 마른 나뭇가지 바람에 부러지는 어수선함 속에서도
> 정갈하게 오르는
> 새싹의 숨을 맡으며
> 산에서 가장 먼저 핀다는
> 생강나무까지만 다녀오자
> 곧 구름나무에도 새잎이 돋겠지
> 사진 좀 덜 찍자
> 프레임에 가두지 말고
> 눈에 담아 오자
>   —「오늘은 생강나무까지만 가자」 부분

그럴 수밖에 없는 것이, "가난이란 말이 그저 돈이 좀 모자라거나/집 없다는 것일 뿐"(「생계」)이라고 대

수롭지 않게 말하는 화자는 산꼭대기까지 가지 않는
사람이다. 그의 산행은 산꼭대기를 밟아 산을 정복하
기 위함이 아니다. 물론 사진을 찍기 위함도 아니다.
"산에는 꼭대기까지 오르려고 가는 것이 아니다"라고
말하는 시적 화자에게 목표를 정해 두고 그것을 성취
하여 정복하는 태도는 아무래도 어울리지 않는다. 그
에게는 목표랄 것이 없어 보인다. "생강나무까지만 다
녀오자"라고 다짐하긴 하지만, 그날의 산행이 생강나
무에 이르지 못했다고 해도 그가 속상해하거나 안타
까워하지 않을 것임을 우리는 알 수 있다. 어디까지
갔던 간에 그는 이미 "두더지가 떠들쳐 놓은 흙 아래
숨소리도 듣고" "새싹의 숨을 맡"았을 것이다. 이 시집
의 화자에게는 목표가 없고 그것이 필요하지도 않다.

'목표가 있어야 열심히 살 수 있다'는 세간의 통념
과 달리 『빗소리 듣기 모임』의 화자는 목표가 없이도
열심히 사는 사람이다. 꼭대기는 말고 생강나무까지
만 가자며 시작한 위 시편은 "신전의 기둥들인/나무
아래 숙연해지고 의연해지며/세상 아래에서 오늘도
열심히 살자"라며 끝난다. 여유롭게 살자거나 삶을 즐
기자는 제안이 아니라 "오늘도 열심히 살자"라니. 꼭
대기까지 가지도 않았으면서, 겨우 생강나무까지만
다녀왔으면서! 목표에 연연하지 않는 삶의 태도와 그

럼에도 불구하고 성심껏 오늘을 살아내야 한다는 각
오가 만나는 이 지점에서 이종수만의 무無목적적 삶
의 미학¹ 같은 것이 도도록하게 떠오른다. 한 번의 행
갈이도 없이 긴 호흡의 문장으로 구성된 시 「기본소
득」에서도 이런 독특한 삶의 태도를 발견할 수 있다.
이 시는 목표가 없이도 열심히 사는 사람이, 기본소득
제도로 먹고사는 일에서 놓여난다면 얼마나 더 열심
히 살 것인지 이리저리 궁리해 보는 내용을 담고 있다.

　　통장으로 꼬박꼬박 백만 원이 입금된다고 해서 하루
　　아침에 늦게 일어나거나 술만 마시진 않을 것이다 20년째
　　자원봉사하고 있는 도서관 문을 닫지도 않을 것이다 몇
　　푼이라도 벌기 위해 가지 않아도 될 마라톤 회의나 심사
　　에는 자발적으로 빠지며 더 즐겁게 대출 반납을 하고 청
　　소할 것이다

　　　　　　　　　　　　　　　　　　　　—「기본소득」 부분

---

1 목적의식 없이도 열심히 사는 시적 화자의 모습은 칸트의 '목적
없는 합목적성'의 미학이나 김현의 '무쓸모의 쓸모' 같은 개념들을
떠올리게 한다. 그러나 이런 담론들이 종국에는 '합목적성'과 '쓸모'
에 대한 논의임을 상기해 본다면 이종수의 시가 보여 주는 삶의 태도
와 이런 담론들을 등치시키기는 어려울 것 같다. 이종수의 화자는 목
적 없이도 최선을 다해 살 뿐이니 말이다. 다만 그 삶의 모습에서 어
떤 미학을 발견하려는 이 글이야말로 어쩌면 합목적성과 쓸모에 관
한 논의가 될지도 모르겠다.

화자는 통장으로 백만 원이 꼬박꼬박 입금된다면 "하루아침에 늦게 일어나거나 술만 마시진 않을 것"이며 "더 즐겁게 대출 반납을 하고 청소할 것"이라고 말한다. 생계를 위해 해 왔던 일들은 줄이고 본래 생계와는 무관했던 것, "20년째 자원봉사하고 있는 도서관" 일을 더 근면하게 하겠다는 결심이다. '먹고살기 위해서'라는 목적이 사라진 화자의 삶은 한층 더 즐거워 보일 뿐만 아니라 매우 바빠 보이기도 한다. "집 앞 막힌 하수도를 뚫고 눈도 제때 치울 것이다 (…) 집에서 하던 설거지며 청소도 룰루랄라 콧노래를 부르며 할 것이다"라고 말한다. "생계는 어떻게 하느냐"는 물음이 사라지자 뜻밖에도 분주해지는 이런 모습은 목표의 유무와 성실한 일상이 반드시 비례 관계에 놓여 있지는 않음을 거듭 각인시킨다. 목적 없이도 우리는 열심히 살 수 있다. 오늘을 알차게 보내는 것은 미래의 쓸모를 위해서만은 아니다.

이런 무無[2]목적적 삶의 미학은 시인이 동경해 마지 않는 자연에서 그 원형을 찾을 수 있다. 기실 자연의

---

[2] 이종수의 시적 화자를 상징하는 '없음(無)'의 감각은 「나는 배우다」에서도 잘 드러난다. 도시에 사는 스스로를 "나쁜 역할 전문 배우"라고 고통스럽게 칭하는 화자는 본연의 자신을 '무색무취'라고 표현하는 것이다. ("가끔은 친환경 무공해 물품을 소비하며 무전여행을 하며 무색무취의 자신으로 돌아가고는 하지만")

목적이나 인과관계는 오직 인간의 관점 하에서 정립된 것이다. 꽃이 피는 것은 열매를 맺기 위함이라고 말하는 생물학적 분석이나 꽃은 지기 위해 핀다는 수사학적 표현 너머에서 꽃은 그저 간단없이 피고 또 그저 부단히 질 뿐이다. 모든 '~을 위해'는 원인과 결과의 사고 틀을 통해 불가해한 것들마저 해석해내려는 (혹은 해석했다고 착각하고 싶은) 인간 생각의 산물이다. 반면 이종수의 화자가 하루를 근실히 살아내는 것은 먹고살기 위함도, 지금의 자신보다 낫다고 간주되는 다른 어떤 존재가 되기 위함도 아니다. 뭔가를 성취하려는 목적론적 지향성 없이도 "오늘도 열심히 살자" 말하는 주체는 마치 자연의 원초적 형상처럼 보이기도 한다. '꿈이 있어야 열심히 산다'라는 인과의 논리 너머에서 그의 하루는 오늘도 그저 열심일 뿐이다.

그래서일까. '무언가가 되어야 한다'는 만연한 사회적 압박 속에서 시인은 자연의 일부가 되고자 하는 것 같다. 표제작 「빗소리 듣기 모임」의 화자는 "빗소리 들으며 도시락 먹"는 사람이다. 이 시에서 빗소리는 마치 장화왕후의 버드나무 잎처럼 묘사된다. 목마른 왕건이 급히 물을 마시다가 체하지 않도록 물에 버드나무 잎을 띄워 건넸다는 장화왕후 설화에서처럼, "빗소

리 들으며 도시락 먹으면/소나기밥이라는 말이 무색
할 만큼 점심 먹는 속도가 느려지는 걸 알 수 있다". 시
의 화자가 "젓가락질할 때 빗소리는/언치지 말라고/
꼭꼭 씹으라고" 말해 주는 듯하다. 또 다른 시편 「도시
락」 역시 자연 속에서 밥을 먹는 사람의 이야기이다.
그의 "점심 식사 자리"는 "산성 하고도 옛 집터 자리",
"황매화 피는 막다른 길 너머 있는/폐사지" 등지인데,
화자는 "혼자 다니는 어치가 산벚꽃 나뭇가지에 부리
를 닦듯" "혼자 목에 걸리지 않고 씹을 수 있어 황송한
자리"를 찾아 산을 쏘다니며 도시락을 먹는다.

이처럼 빗소리 속에서, 숲속에서 식사하는 사람
의 이미지는 자연에서 양식을 구하는 작은 동물과 벌
레 들을 상기시킨다. 시집의 곳곳에 깃들어 있는 낯
선 이름의 벌레와 새처럼 이종수의 화자 역시 나무와
꽃, 풀 사이에서 먹고 마시며 살아간다. 나무 그루터기
에 앉아 도시락을 먹는 누군가의 뒷모습은 벌레 잡기
에 골몰한 작은 새의 모습과 얼마나 쉽게 겹쳐지는가.
인간중심주의를 비판하는 하나의 방식으로써 비非인
간 주체에 대한 논의가 활발한 요즘, "산책할 때마다/
다른 무엇이 되려고 한다."('시인의 말' 부분)는 시인은
자연에서 생명을 연명할 양식을 구한다는 의미에서
자연의 일부라고 말할 수 있는 비인간 주체가 되고 싶

은 것만 같다. 그리고 이는 결국 '꿈, 목표, 쓸모' 따위의 목적론적 가치관에 매몰된 우리를 깨우치는 시인의 방식일 것이다.

이렇게 본다면『빗소리 듣기 모임』에서 가장 중요한 작품 중 하나는 분명 「꿈」이다.

꿈이 무엇이냐고 아내가 물었다
집앞 골목 구룡포횟집을 지나올 때
회를 뜨다 말고 아는 척을 하는
보지도 않고 정확히 살과 가시를 발라내는 주인장의
능숙한 칼질 같아서
아무 말도 할 수 없었다 뼈째 드러내는 꿈을
아직도 갖고 있는 사람이 있었던가
아내들은 우울하거나 슬프거나 설령 기분이 좋은 날
에도 혹 치고 들어온다
목표라도
뭐 있을 것 아니냐고
자주 랙이 걸리는 컴퓨터 본체처럼 껐다가 켜야 할 때
마다 삶이라는 프로그램 전체를 읽어 내려가지만 꿈과
목표는 읽을 수 없다 목적이, 목젖이 접힐 뿐이다

내 꿈은 무엇일까

무엇이어야만 할까

― 「꿈」 전문

위 시편에서 아내로 형상화된 인물은 화자에게 묻는다. "꿈이 무엇이냐고" "목표라도/뭐 있을 것 아니냐고". 목표가 없고, 또 그것이 필요하지 않은 화자는 자신의 "삶이라는 프로그램 전체를 읽어 내려가지만 꿈과 목표는 읽을 수 없"고, 곧 "목젖이 접"히는 갑갑한 기분을 느낀다. 말문이 턱 막혀 버리는 것이다. 이종수 시의 화자에게는 꿈이 없다. 그에게 목표가 부재하는 이유는 전술한 바 있는 것처럼 그가 이미 꿈을 이루었기 때문이기도 하지만("좋아하는 일을 하며 밥 굶지 않고 살 만하다", 「생계」), 무엇보다 그는 꿈이 없이도 열심히 살기 때문이다. 그는 무언가를 '위해서만' 치열하게 사는 사람이 아니다. 뭔가를 위함이 아니어도 그의 하루는 소중하다. 그리고 이는 그가 진정으로 자신의 삶을 '위하는' 방식일 것이다. 자, 사정이 이렇다면 이 시적 주체에게 '꿈 없음을 유지하기'라는 목표를 세워 줘 봐도 괜찮지 않을까. 목적이나 목표, 꿈이나 장래희망 따위의 그럴듯한 단어로 치장된 성장 이데올로기의 주입 없이도 그의 오늘은 더없이 착실할 것이다. 그러니 "꿈이 무엇이냐", "목표라도/뭐 있을 것 아니냐"는 물음에 말문이 막혀 "내 꿈은 무엇일까/무엇이어야만 할까" 떫게 자문하는 시의 화자에게 나는 이 글의 제목으로 답하고 싶다. '당신은 꿈 없음을 희망하세요.'

빗소리 듣기 모임

2022년 9월 13일 1판 1쇄 펴냄

지은이   이종수
펴낸이   김성규
편집   김은경 김도현 김채현
디자인   신아영
펴낸곳   걷는사람
주소   서울 마포구 월드컵로16길 51 서교자이빌 304호
전화   02 323 2602
팩스   02 323 2603
등록   2016년 11월 18일 제25100-2016-000083호

ISBN 979-11-92333-25-0 04810
ISBN 979-11-89128-01-2 (세트)